Fröhliche Weihnachten

Denkwürdiges um und über Weihnachten

AF198880

Katharina Rosenplenter

Herstellung und Verlag: BoD – Books on Demand, Norderstedt

ISBN: 9783750417526

Inhalt

Alle Jahre wieder kommt das Weihnachtsfest

Jedes Jahr ist man davon überrascht, dass mal wieder Weihnachten vor der Tür steht. Eben noch brütende Augusthitze oder ein goldener Oktober, dann heißt es: es sind ja nur noch acht Wochen, und dann geht das Gleiche los wie in jedem Jahr.

Standardmäßig erfolgen dann die Klagen, dass der eigentliche Sinn des Weihnachtsfestes ja schon längst verlorengegangen ist, und dass es sich nur noch um eine gewaltige Konsumorgie handelt, die in letzter Konsequenz eigentlich abgeschafft gehört, weil nichts Wahres mehr dran ist. Aber stimmt das wirklich?

Nun, Weihnachten ist eigentlich ja ein christliches Fest, das sieht man unter anderem daran, dass zu Weihnachten Leute in die Kirche gehen, die sich sonst das ganze Jahr dort nicht blicken lasen, die Pfarrer haben Hochbetrieb, es finden bis zu vier Gottesdienste hintereinander statt, um die Massen zu bewältigen.

Aber, wenn man nun diesem Konsumrausch ablehnend gegenüber steht, wäre es dann nicht folgerichtig, Weihnachten ganz abzuschaffen? Es gibt ja schließlich weltweit Religionen, die dieses Fest nicht kennen, wie zum Beispiel die bei uns doch recht zahlreich vertretenen Muslime, die aber doch, wenn man so Interviews am Heiligabend mit ihnen verfolgt, sich so ganz zaghaft den hiesigen Bräuchen anpassen, besonders was die Geschenke angeht. Auch in der jüdischen Religion gibt es zufälligerweise in der gleichen Zeit wie Weihnachten das Lichterfest, und auch da wird gefeiert und besonders die Kinder erhalten Geschenke. Wie das bei den Buddhisten oder Hindus aussieht, das weiß ich nicht so genau. In Japan und China werden die Einkaufszentren auch mit Weihnachtsbäumen und Santa Claus geschmückt, aber da geht es dann wirklich nur um den Konsum von Geschenken, obwohl die Weihnachtsdeko in diesen Ländern glitzeriger und pompöser ist als in Deutschland. Vom religiösen Hintergrund des Festes ist da nichts zu Spüren.

Eine eigenartige Ausprägung von religiösem Verständnis habe ich mal im Zusammenhang mit der japanischen Kultur erlebt. Ich hatte mal einen Sprachkurs für Japanisch belegt, und die Dozentin frisch aus Japan gekommen, ließ uns Sätze zu unterschiedlichen Essgewohnheiten bilden. „In Deutschland lieben die Leute Fassbier"- „In Japan essen die Leute im März Erdbeeren." In isst man Japan zu bestimmten Zeiten und Anlässen bestimmte Speisen, und nur dann. Und dann kam es: „In Deutschland essen alle Leute zu Weihnachten Butter."??? Es stellte sich heraus, dass sie die Aktion Weihnachtsbutter mitbekommen hatte. Da wurden zu Westberliner Zeiten die für den Fall einer neuerlichen Blockade angelegten Senatsreserven von Tiefkühlbutter regelmäßig zu Weihnachten umgeschlagen, um den Leuten preisgünstige Butter für die Weihnachtsbäckerei anzubieten. Und die Leute prügelten sich regelrecht um diese Butter, so dass in den Geschäften angeordnet wurde: Abgabe nur in üblichen Haushaltsmengen, oder der Geschäftsführer hielt die Hälfte der Lieferung zurück, damit die Berufstätigen am Nachmittag auch noch die billige Butter kaufen konnten. Aber das hat ja alles nicht mit der Geburt Christi und der Weihnachtsgeschichte zu tun.

Aber mal abgesehen davon, wie wäre es, wenn man Weihnachten wirklich abschafft?

Ich habe drei verschiedene Versuche erlebt, von Leuten, die das probiert haben. Bekannte von uns hielten Weihnachten für den Inbegriff bürgerlicher Spießigkeit und ignorierten das fest. Nicht nur, dass es bei ihnen weder Baum noch Geschenke gab, nein, die erklärten den 24. Dezember zum Großreinemachtag, es wurden Fenster geputzt und Gardinen gewaschen, gebohnert und gewienert, sehr zum Befremden der Nachbarn, also das war schon etwas seltsam. Ein anderer Versuch kam mir mal unter, als in meiner Oberstufenklasse der Wunsch nach Julklapp oder Wichteln aufkam, dass ein junger Mann mit strenger Miene erklärte, er könne bei diesen Lustbarkeiten nicht mitmachen, solange es so viel Elend in der dritten Welt gäbe. Wir einigten uns dann auf ein ausführliches Frühstück, das ließ seine Überzeugung als erlaubt zu, aber letztendlich kam mit später der Gedanke, ob sich am Elend in der Welt nur irgendetwas bessern würde, wenn man mit sauertöpfischem Gesicht rumlauft und sich jede Freude verkneift und das auch seinen unmittelbaren Mitmenschen verbietet. Letztendlich macht man damit keine armen Menschen in der Dritten Welt glücklicher, nur sich selbst, weil man sich seinen gedankenlosen und unaufgeklärten Mitmenschen moralisch so haushoch überlegen fühlen kann. .

Denn da ist die Sache mit den Geschenken, diese stehen nun mal im Mittelpunkt der Festes, da kann man dran rumdeuteln oder nicht, es ist ein grundlegender Zug des Menschen, dass man sich freut, wenn man etwas geschenkt bekommt. Und diejenigen, die davon ausgehen, dass es bei Weihnachten auf die inneren Werte ankommt und nur mit einem glücklichen Lächeln dasitzen wollen und sich über die Erlösung der Welt freuen, die laufen Gefahr, sich selbst als so haushoch überlegen darzustellen wie diejenigen, die vor Mitleid mit den armen Leuten zerfließen und glauben, wenn sie sich selbst kasteien, dann hilft das. Was nun die Geschenke angeht, die sind nun mal nicht wegzudenken, das sieht man zum Beispiel sehr schön daran, dass immer wieder folgendes Szenario durchgesielt wird, was niemals , aber auch niemals funktioniert. Diesmal schenken wir uns gar nichts, wir haben ja alles! Das geht in der Regel schief, entweder der eine Partner hält sich daran, und schenkt wirklich nichts, dann ist der Andere stinksauer, oder es wird unterlaufen – aber jeder nur eine Kleinigkeit – und damit ist das Thema vom Tisch.

Eine andere Variante habe ich mal im Verwandtenkreis erlebt, da tönten Tante und Onkel ganz laut herum, dass sie sich nichts schenken würden, weil sie sich das nicht leisten könnten, aber merkwürdigerweise hatten sie das Geld, um die Gräber ihrer Angehörigen verschwenderisch auszustatten. Nun ist natürlich wichtig, das Andenken an die Verstorbenen zu pflegen, aber darüber die Gegenwart zu verdrängen ist doch wohl eher fraglich.

Was nun die Geschenke angeht, da wird beklagt, dass die immer aufwändiger werden, aber diese Klage ist so alt wie der Brauch, sich etwas zu schenken. Heutzutage muss es das neueste Smartphone sein, oder die Edelklamotten, da kann eine Jeans schon mal 300€ kosten, „Omi, du hast doch das Geld, du hast doch dein Haus verkauft, und weißt du, du kannst mir ruhig zwei davon schenken!" Das ist nun natürlich maßlos übertrieben. Im Übrigen besteht ein gewisser Zusammenhang zwischen dem Preis für ein Geschenk und der gedanklichen

Überlegung, womit man jemanden einer Freude machen kann, und zwar, je teurer, desto gedankenloser. Ich habe das mal als Kind erlebt. Mein Vater hatte einen Bekannten, dessen Vormund er gewesen war, der junge Mann hatte eine Banklehre gemacht und es im Wirtschaftswunder der jungen Bundesrepublik sehr weit gebracht, bis in die Chefetage einer großen deutschen Bank. Und der schickte jedes Weihnachten ein Paket mit Geschenken. Nur einmal nicht oder vielmehr, es kam ein Paket mit auserlesenen Delikatessen wie Champagner Edelschinken, Gebäck, guten Weine und andere Kostbarkeiten, und das war von einem Versandservice am Frankfurter Flughafen im Auftrag von Onkel Otto. Der hatte also keine Zeit gehabt und das ganze delegiert, und es hatte ihn eine Menge Geld gekostet.

Und wenn es schnell gehen muss, dann kann ein Geschenk schon mal teuer werden, auch mit dem Hintergrund, dass man zeigt, was man sich als Schenkender leisten kann. Nur — manchmal ist eine gute Idee beim Schenken viel wirksamer als ein teures Geschenk, aber das kostet zeit und kann komplizierter sein als schnell mal ins Portemonnaie zu greifen.

Aber insgesamt ist wohl nichts dagegen einzuwenden, dass man sich zu weihnachten beschenkt, wenn man weiß, dass man jemanden damit eine Freude macht.

Alle Jahre wieder – Geschenke und Gemeinheiten

Weihnachten ist nun mal das Fest der Geschenke. Dazu lässt sich viel sagen. Die abgedroschene Phrase: „Wir schenken uns gar nichts" ist eine der größten Lügen unserer Zeit, aber es gibt daneben noch viel andere Dinge, die zu beachten sind. Etwa, dass man mit Geschenken die größten Gemeinheiten verbinden kann Dabei ist es noch das geringste Problem, wenn man etwa eine scheußliche Blumenvase schenkt, die so gar nicht zur übrigen Einrichtung passt. Oder die Tatsache, dass meine Schwiegermutter mir immer Kosmetika schenkte, etwa Pflegespülung für gefärbtes und dauergewelltes Haar, ich habe eine Naturkrause und mein Rotschopf ist auch echt. Und ich fühlte mich in meine Kindheit zurückversetzt, wenn sie mir Kleidungsstücke verehrte, die zwar in der Größe so etwa passten, aber sie war eben fast dreißig Jahre älter als ich, wobei sie davon ausging, dass ihr Geschmack angemessen wäre für eine erwachsene berufstätige Frau. Ja das war ich zwar, aber doch keine Oma. Ihr etwas zu schenken war dagegen noch schwerer, entweder sagte sie gleich, dass es ihr nicht gefiel oder man bekam die Sache nach einer angemessenen Frist von drei Jahren zurückgeschenkt oder sie verschenkte es weiter. Aber das ist eine andere Sache. Jedenfalls stellte sich heraus, dass ein Präsentkorb die beste Lösung für das Geschenkproblem war, und ganz besonders gefüllt mit Flüssigem. Aber sie hat sich nie die Mühe gemacht, uns mit etwas zu beschenken, woran wir Gefallen fanden. Mein Mann bekam jahrelang irgendwelche Oberbekleidungsstücke, die ihm auch gar nicht gefielen, die sie aber wohl auf Personalrabatt billiger bekommen hatte.

Getragen hat es diese Sachen so gut wie gar nicht.

Besonders ärgerlich wird es dann, wenn man für das fragliche Präsent viel Geld ausgegeben hat und es gefällt dann nicht. Meine Schwiegereltern waren da aus Prinzip erzieherisch. Etwa wenn man das Präsent sorgfältig verpackt mit Schleife und Geschenkpapier überreichte, dann hieß es: Und was sollen wir nach den Feiertagen mit dem vielen Papiermüll anfangen? Ließen wir die aufwändigen Verpackungen weg, dann wurden wir belehrt, dass man Geschenke immer originalverpackt zu präsentieren habe. Na ja. Aber das ist ja schon woanders sehr ausführlich behandelt worden.

Weihnachten ist ja eigentlich das Fest der Kinder. Und gerade bei Kindern kann man mit Geschenken sehr viel Unheil anrichten. Denn die Tatsache, dass man sich eigentlich über

Geschenke freuen sollte, kann sehr leicht unterlaufen werden. So gilt etwa bei Kindern die eiserne Regel, dass Kleidungsstücke nicht als Geschenk zählen. Wenn man den Empfänger dazu noch darauf hinweist, wie praktisch doch der geschenkte Pullover ist, dann riskiert man einen Wutausbruch, weil „praktisch" zwar notwendig, aber nicht erfreulich ist. Meine Mutter hatte da so ein paar besondere Spezialitäten. Erstens musste ich als Kind die gebrauchten Sachen aus der Verwandtschaft auftragen, schön, die Zeiten waren damals noch nicht so wie heute, wo man ein T-Shirt einmal trägt und dann wegschmeißt, weil die Kosten für eine Wäsche teurer sind als der Kaufpreis, aber was mir da als zu tragendes Kleidung angedient wurde, das war so gar nichts für mich. Schön, die Sachen waren sauber und wenn ein Knopf fehlte, den konnte man annähen, aber: „Da lachen mich die anderen aus", das war für meine Eltern kein Argument. Entweder wurde mir die Klamotte als etwas ganz besonderes schön geredet, nach dem Stil des Hasenbrotes, das abends ungegessen aus der Aktentasche kam, oder ich musste mir anhören, das manches arme Kind froh wäre, wenn es so ein schönes Kleid bekommen würde. Mir tat das arme Kind zwar auch leid, aber nur wenn es das Kleid hätte tragen dürfen. Und meine Kusine „Baby" die konnte es sich leisten, zu sagen, nein, das ziehe ich nicht an, und das fand man dann besonders kess und niedlich. Wenn ich das probiert hätte, hätte mir das entweder einen Satz warme Ohren eingebracht oder so einen Satz wie: „Das schöne Kleid ist ganz traurig, wenn du es nicht tragen willst. „

Meine Mutter war auch groß darin, für einen sehr billigen Preis neue Kleidungsstücke in den Geschäften zu finden. Das sah man auch, die waren dann so unmöglich, dass sie zum

Ladenhüter wurden und deswegen billig rausgeramscht wurden. Und wenn ich dann etwa wagte, mir Sachen zu wünschen so wie alle anderen sie trugen, dann bekam ich zu hören, das wäre nur etwas für Flittchen. Ich wusste damals noch nicht, was das eigentlich ist, aber der Ton meiner Mutter verhieß nichts Gutes.

So etwas wie heute wäre nicht drin gewesen, wie etwa die Enkeltochter einer Bekannten es fertig gebracht hat: „Oma, die Jeans, eine angesagte und belebte Marke – kostet nur hundertsechzig Euro , und am besten schenkst du mir gleich zwei davon, du hast ja gerade dein Haus verkauft!". In meinem Kopf ging sofort die Rechenmaschine an, die den möglichen Preis von 320 Euro in DM umrechnete und auf die stolze Summe von 640 kam. Ganz schön heftig. Außerdem musste die Oma vom Verkaufspreis noch die mit im Grundbuch stehende Exfrau ihres verstorbenen Ehemannes auszahlen und nach Ablösung aller Hypotheken blieb nicht mehr viel übrig. Und die Jeans gab es auch nicht.

Aber auch mit Geschenken, die nicht aus Kleidung bestehen, kann man viel Unheil anrichten. Etwa wenn man den pädagogischen Aspekt berücksichtigt. Ich hatte eine sehr fromme Tante, die mir zu Weihnachten immer Bücher über Musterexemplare von christlicher Nächstenliebe schenkte, deren Leben nur aus Verzicht und Opferbereitschaft bestand, die Kranke mit den ekligsten Krankheiten pflegten und für sich selbst auf jedes Lachen und auf jede Freude verzichteten. Aber das kann auch die Rache für mein gottloses Gemüt gewesen sein, denn ich hatte die Existenz des Christkindes geleugnet. Das kam so: Schon im zarten Alter von fünf Jahren hatten mich meine Eltern darüber aufgeklärt, dass es keinen Weihnachtsmann gäbe, und dass sie selbst die Geschenke besorgten, und ich wusste seitdem, dass sie dies taten, wenn sie zusammen zu einem längeren Einkauf in der Vorweihnachtszeit aufbrachen. Und ich hielt mich auch an die eiserne Regel, nicht nach den Geschenken zu schmulen, weil sonst ja due Überraschung weg war, die ja der eine wesentliche Teil des weihnachtlichen Geschenkerummels war. Und nun antwortete ich immer auf die Frage, was mir denn der Weihnachtsmann gebracht hatte, dass es den gar nicht gäbe, sondern dass meine Eltern die Geschenke kauften. Da waren dann die lieben Onkel und Tanten manchmal schon etwas pikiert. Aber die Krönung war wie gesagt die Frage von Tante Lotte, die ja so fromm war, was mir denn das Christkind gebracht hätte. Und da ich ja schon vom Weihnachtsmann wusste, dass es den gar nicht gab, antwortete ich nun sinngemäß, es gibt gar kein Christkind, die Geschenke kriege ich von Mami und Vati, die kaufen sie. Und da mein Vater nun dem geistlichen Stand angehörte, war Tante Lotte äußerst pikiert über meine Ungläubigkeit.

Eine andere belebte Variante war die: Man wünschte sich etwas, und hatte schon ausgelotet, dass sich das in einem Rahmen bewegte, was finanziell machbar war, und hielt sich auch an die Spielregel; dass man nicht ausspionierte, was es als Geschenk geben sollte. Die Ungeduld war dann bis zum Heiligabend auf dem Siedepunkt. Ich hatte mir mal ein Buch für Briefmarkensammler gewünscht, weil ich eine kleine Sammlung hatte, und da wir viel Post auch aus dem Ausland bekamen, war das eine ganz nette bunte Zusammenstellung. Und tatsächlich lag dann schön in Weihnachtspapier eingewickelt etwas auf dem Gabentisch, was wie ein Buch aussah. Aber statt der Leitfadens für

Briefmarkensammler war es eine Geschichte des römischen Reiches. Du lernst doch jetzt Latein, da ist das doch viel interessanter! Ich schluckte meine Enttäuschung runter. Viel später erfuhr ich, dass verhindert werden sollte, dass ich mein Taschengeld für in den Augen meiner Eltern nutzlose Briefmarken verplempern würde, wenn ich halbwegs sachkundig wäre.

Und das Schlimmste kam erst nach Weihnachten: Man musste sich auch für die Geschenke bedanken. Ich wurde dazu verdonnert, für jedes Geschenk einen Dankesbrief zu schreiben, auch dann wenn mir das Geschenk eigentlich gar nicht gefallen hatte. Nur einmal ist das gehörig schief gegangen. Ich hatte ein Buch geschenkt bekommen, über das Leben eine kleinen Mädchens, was mit seiner Familie in einer Blockhütte in Wilden Westen lebte, die Geschichte ist übrigens später eine sehr erfolgreiche Fernsehserie geworden. Ich schrieb also eine Brief und erwähnte darin, wie mir die Abenteuer der kleinen Laura Gefallen hätten. Die Empfängerin des Briefes war nun sehr verwundert, ich müsste die Geschenke wohl verwechselt habe. So eine Missachtung von der verwöhnten Göre, die sich nicht mal die Mühe macht, sich zu merken, von wem die Geschenke stammen. Sie hatte mir eigentlich ein Buch über die Untaten eines Dackels geschenkt. Nun hatte ich mir aber gerade dieses Buch Wochen vorher von einer Schulkameradin ausgeliehen. Es mit heißen Ohren verschlungen und untergroßem Bedauern wieder zurückgeben müssen. Und meine Mutter meinte nun, weil ich den Inhalt des Buches ja schon kannte, wollte sie mir lieber ein ganz neues Buch zukommen lassen. Ich war wütend, weil ich das Dackelbuch auch gerne als Eigentum gehabt hätte und es auch zwei- oder dreimal gelesen hätte. Aber das war inzwischen schon weiter verschenkt worden. Ich glaube sogar an Baby, die sich nun bei mir bedanken musste.

Man wird ja nun auch älter, und irgendwann kommt man selbst in die Lage, an Kinder irgendetwas zu verschenken. Dabei kommt es darauf an, wie nahe man dem Kind steht und wie viel Geld man ausgeben möchte. Wenn man etwa die Eltern eines Kindes ärgern möchte, dann verschenkt man etwas, was Lärm macht wie eine Trompete oder Mundharmonika, auch ein Kinderschlagzeug ist gut für so etwas geeignet. Dabei sollte man aber etwas möglichst Billiges aussuchen, denn je billiger, desto schneller geht es auch kaputt. Große Vorsicht ist geboten bei Dingen wie Puppen oder technischen Geräten. Dabei gibt es mehrere Varianten, was dabei verunglücken kann. Zum Beispiel kann es sein, dass sich das Mädchen glühend eine Barbiepuppe wünscht, aber die Eltern dagegen sind, weil das Kind keinen Geschlechterrollenzwängen ausgesetzt werden soll, das Kind wird dabei gar nicht gefragt. Wenn man die Eltern ärgern will, ist das natürliche eine gute Möglichkeit. Oder andersherum, man schenkt dem kleinen Mädchen eine Barbiepuppe, aber es wollte viel lieber einen Chemiekasten haben. Auch bei Jungen ist so etwas schwierig, die Problematik von Kriegsspielzeug soll hier ganz und gar ausgebendet werden. Wenn sich ein Junge eine Puppe wünscht, wird er meistens schief angesehen, obwohl das in anderen Kulturen ganz anders ist. Etwa habe ich aus alten Erzählungen gehört, dass etwa in Russland eine Puppe durchaus als Jungenspielzeug, ohne dass der Junge als schwul gilt, bekannterweise haben die Russen ja große Vorbehalte gegen Schwule. Aber wie gesagt, man sollte bei Spielzeug vorsichtig sein. Sehr neutral sind Dinge wie Buntstifte oder

Malkästen, die machen keinen Krach und sind in ihren Auswirkungen meist harmlos, es sein denn die Kinder entdecken ihre Kreativität an den tapezierten Wänden. Das ist aber eine ganz andere Frage.

Nach meine Erfahrungen kommen jedenfalls Buntstifte bei Kindern immer gut an, und man umgeht damit so manche Klippe des Schenkens.

Und noch etwas sollte man beim Schenken beachten: Gut gemeint ist meistens das Gegenteil von gut.

Alle Jahre wieder - Moden und Trends

Für September ist es ja noch ganz schön warm! Ich stellte das fest, als ich das Postauto vorfahren sah und die Post aus dem Briefkasten holen wollte. Also, eine Jacke brauchte ich mir nun wirklich noch nicht überzuziehen, ich lief sogar noch kurzärmelig herum. Natürlich, wieder ein Haufen Werbung und Kataloge. Das meiste kam gleich in die Papiertonne, aber einiges wollte ich mir dann doch noch vorher ansehen, bevor es endgültig weggeschmissen wurde. Und da fiel mir schon auf: Das Große Weihnachtssortiment, und: Unser Katalog zum Fest. Welches wohl, na klar, Weihnachten, und dabei stand ich im T-Shirt im Garten. Na ja, man hatte sich im Lauf der Jahre schon daran gewöhnt, dass nach dem Ende der Sommerferien in den Geschäften die ersten

Weihnachtsartikel angeboten wurden, wie Stollen, Lebkuchen und Dominosteine, aber ich versuchte das erst mal zu übersehen. Dumm nur, dass es dann im Dezember so gut wie gar keine Weihnachtsartikelmehr gab. Wer sich das nicht rechtzeitig eingedeckt hatte, der war dann schlecht dran.

Aber daran hat man sich ja inzwischen gewöhnt. Als ich nun die Kataloge zum Weihnachtsfest bei sommerlichen Temperaturen draußen auf der Terrasse durchblätterte, da fiel mir noch etwas anderes auf. Nicht die Temperaturen, das erinnerte höchstens daran, dass man in Australien oder Neuseeland solches Wetter zu Weihnachten hatte, aber wir sind ja nun mal in Mitteleuropa. Nein, da stand ganz deutlich: Der diesjährige Trend zu Weihnachten: Blau-Silber, und da waren dann auch entsprechende Dekostücke, angefangen vom Baumschmuck bis zur Tischdecke oder dem Kerzenleuchter abgebildet und für nicht ganz billiges Geld zu erwerben. Wie bitte? Trend und Weihnachten? Bis jetzt hatte ich Weihnachten für ein zeitloses Fest gehalten: es heißt ja auch: Alle Jahre wieder. Und aus meiner Kindheit kannte ich, dass das Weihnachtsfest jedes Jahr nach denselben Regeln abzulaufen hatte. Auch wenn mir manche Dinge ganz und gar nicht passten. Wie zum Beispiel das Gänseklein zum Mittag, was mir überhaupt nicht schmeckte, wobei es unklar war, ob das an den Kochkünsten meiner Mutter lag oder an meiner Aufregung. Und dann, dass nach dem obligatorischen Kirchgang erst mal in aller Ruhe Kaffee getrunken werden musste, obwohl ich vor Ungeduld schon platzte. Aber es gab ja auch Schönes bei den alljährlichen Ritualen. So zum Beispiel der Baumschmuck, der jedes Jahr wieder hervorgeholt wurde, und man erkannte jede einzelne Kugel wieder. Auch das Lametta wurde jedes

Jahr aufgehoben und wiederverwendet. Nur wenn es schon zu unansehnlich war, wurde etwas dazugekauft. Aber es war in gewisser Hinsicht beruhigend, dass das Weihnachtsfest jedes Jahr sozusagen dasselbe war. Und Trend beim Weihnachtsfest? Einen ersten Knacks bekam meine Sicht auf Weihnachten, als ich sah, wie unsere Nachbarn ihren Baum schmückten. Erstens waren das Dinge, die meine Eltern als Edelkitsch nicht für würdig erachteten, für Baumschmuck verwendet zu werden wie Engelshaar, das waren ganz feine helle Fäden, wie man sie eher als Spinnengewebe beim Altweibersommer kannte oder Sterne aus Goldfolie, die so groß waren wie ein Essteller. Jedenfalls war vom eigentlichen Tannenbaum nichts mehr zu sehen, und es blieb noch kistenweise Schmuck übrig. Ich kannte es so, dass alles, was in der Weihnachtskiste aufbewahrt wurde, auch letztendlich am

Baum hing. Aber so viel hatten wir ja auch eigentlich gar nicht.

Aber Trend und Weihnachten? Trend kennte ich natürlich, besonders aus Modezeitschriften, in denen zweimal im Jahr die neue Mode vorgestellt wurde. Dass ich das nicht mitmachen konnte, hatte nun zwei Gründe: erstens gab es ja dieses: Das können wir uns nicht leisten, und dann hatte ich bei meiner Kleidergröße auch echte Probleme, etwas zu finden, das nicht nach Altersheim aussah. Als ob alle dicken Leute uralt wären. Aber in diese Hinsicht entwickelte ich auch eine gewisse Findigkeit sowohl was die Tragbarkeit als auch was den Preis anging, wie gesagt, durch Nachhilfe und ähnliche Dinge hatte ich ein gewisses Geld zur freien Verfügung. Aber was jetzt die Mode anging, da in unserem Haushalt grundsätzlich so gut wie nichts weggeschmissen wurde, bewahrte ich auch die alten Hefte von der Brigitte oder für Sie eine gewisse Zeit auf. Und da passierte es mir mal, dass ich so ein Heft nach einem halben Jahr wieder mal in die Hände bekam. Und da kam mir eine Erkenntnis: Was vor einem halben Jahr als der letzte Schrei modemäßig erschienen war, das sah jetzt nur noch komisch aus. Wie kann man nur so rumlaufen?? Und ich kaufte dann keine Modezeitschriften mehr, insbesondere weil mir auch klar wurde, dass durch das Bemühen, immer mit Mode mitzugehen, den Leuten nur das Geld aus der Tasche gezogen wurde. Und es gab auch Kleidung, die eigentlich immer gut aussah. Also wozu sich einen Haufen Zeug kaufen, das man ein-oder zweimal anzog und dann nie wieder, weil es so komisch aussah.

Was nun Weihnachten angeht, da zeigt sich dieser Trend leider auch. Ich erinnere mich, dass wir in unserer Bastelgruppe für den Adventsbasar Weihnachtsgestecke bastelten und zum

Verkauf anboten. Und da konnte es passieren, dass die Käufer fragten: Habt ihr nichts in Lila? Nein hatten wir nicht, wir hatten nur Rot und Gold mit Grün. Und im nächsten Jahr hieß es dann wieder: Strohsterne sind der letzte Schrei, ohne die geht gar nichts. Also müsste man sich schon im Sommer darüber informieren, was zu Weihnachten als Dekor gerade gefragt ist. Beziehungsweise man hat dann einen Haufen überflüssige Weihnachtdeko im Karton rumzustehen, die man dieses Jahr nicht braucht, sondern dann wenn diese Art Schmuck wieder in Mode ist oder vielleicht auch nie mehr, weil das so was von out ist. Aber in unserer Überflussgesellschaft neigt man ja sowieso dazu, einen Haufen Krempel anzuhäufen, warum nicht auch Weihnachtsdeko?

Was nun den perfekten Weihnachtsbaum angeht, den kann es eigentlich gar nicht geben. Abgesehen von den schon erwähnten Modeerscheinungen hat jede Familie da ihre eigenen Traditionen und Vorstellungen. Meine Eltern wären zum Beispiel empört gewesen, wenn man den Baum jedes Jahr von Grund auf anders geschmückt hätte. Das Einzige, was noch geduldet wurde war, dass einige Teile neu gekauft wurden, immerhin neigen Weihnachtsbaumkugeln auch dazu, mal kaputt zu gehen, weil sie aus Glas sind.

Und was die Mode angeht: Ist es nicht langweilig, wenn alle geschmückten Weihnachtsbäume gleich aussehen? Es ist doch viel interessanter zu beobachten, wie unterschiedlich die einzelnen Bäume aussehen und was für Ideen die Leute zum Schmücken haben. Und Weihnachten ist nun mal ein zeitloses Fest, was nicht der Mode unterliegen sollte.

Stille Nacht oder die
Entweihung des heiligen Abends

Die Deutsche Weihnacht ist ein Fest, wie es das sonst auf der Welt so nicht gibt. In England ähnelt Christmas eher Silvester, zum Weihnachtsdinner gehören da Knallbonbons und Hütchen, in den USA ist Weihnachten ein lärmendes Familienfest, übrigens erst am 25., in Mexiko wird Party gemacht. Ganz anders in Deutschland. Der Heiligabend ist da eher ein furchtbar trauriges Fest. Wie sonst erklären sich die vielen Geschichten, in denen irgend ein geliebter Mensch im Angesicht des Weihnachtskerzen seine Seele aushaucht, gut, dass die Weihnachtsengel eh vor Ort sind und gleich ihre Arbeit tun können. Noch viel schlimmer ist es aber, dass jemand an Weihnachten nicht bei seinen Lieben zu

Hause sein kann oder es nur unter dramatischen Umständen schafft, den Tannenbaum zu erreichen. Was sollen da nur die Krankenschwestern oder Busfahrer sagen? Eine weitere Spielart ist die Weihnachtspredigt, die ausführlich das Elend dieser Welt breittritt und vergisst, dass Weihnachten eigentlich ein Fest der Freude sein soll. Weihnachten ist also das Fest der Liebe und der Familie. Fraglich ist auch, ob ein Verhältnis, was 364 Tage im Jahr problematisch sein kann, an einem Tag zu Friede Freude und Eierkuchen führt.

Meine Schwiegereltern sind ein gutes Beispiel dafür. Heiligabend pflegten sie Hand in Hand dazusitzen, innig auf die Kerzen zuschauen, Kalbsblick, wie ihr Sohn bemerkte, und ein bisschen zu weinen. Loriots Weihnachten mit Hoppenstedts (nein, Kinder ist das gemütlich!) ist dagegen eine Disco-

Party. Woran das lag, weiß keiner. Mein Schwiegervater hatte sowieso, wie man sagt, am Wasser gebaut, schon als Schuljunge soll er immer seiner Mutter aus der Gartenlaube vorgelesen haben, während diese mit Heimarbeit an der Nähmaschine saß. Es geht das Gerücht, er wäre von den Gartenlauben-Geschichten so überwältigt gewesen, dass es vor Tränen nicht weiterlesen konnte. Wie dem auch sei.

Am Morgen des 24. wurde bei ihnen der Baum aufgestellt. Als Büroangestellter war mein Schwiegervater was Besseres, also konnte er keinen Nagel in die Wand kloppen. „Ich bin schließlich kein Handwerker!" Viel weniger einen Weihnachtsbaum in die Hutsche stellen. Dafür kam der Hauswart, Knippenberg, Knippi genannt. Mein Schwiegervater stand daneben und jammerte: es geht nicht, es geht nicht. Knippi sprach: „Herr Rosenplenter, lassen sie dit mal liebers mir machen!"- und schmiss ihn raus. In 5 Minuten stand der Baum.

Dann gab es Gänseklein zum Essen, es wurde Kaffee getrunken, und vor der Bescherung lief leise Weihnachtsmusik, und sie saßen mit dem erwähnten Kalbsblick da. So romantisch, dass sie echte Kerzen anzündeten, waren sie allerdings auch wieder nicht, weil das ja „so viel Dreck machte".

Als Jungverheiratete sollten wir nun also den Heiligabend bei ihnen verbringen. Nach dem Motto: Wir haben keinen Sohn verloren, sondern eine Tochter gewonnen. Es war vereinbart, dass wir zum Kaffee kommen sollten, dann die Bescherung, dann das Abendbrot. Ich war nicht böse, dass ich um das Gänseklein zum Mittag herumkam. So etwas hatte es nämlich bei uns immer gegeben. Als Kind ist man am Heiligabend sowieso sehr aufgeregt, ich bekam da nie mein Essen runter, und meine Mutter ließ den Hals und die Innereien so wie sie waren, und die Brühe, in der das Gänseklein kochte, war fast salzlos und eine richtige Plörre. Was hätte ich darum gegeben, wenn es Würstchen mit Kartoffelsalat gegeben hätte, aber „das können wir uns nicht leisten". Die Variante mit dem Christstollen zum Kaffee war mir da viel lieber. Wir fuhren also quer durch Berlin, um Weihnachten zu feiern. Überall sah man Menschen nach Hause streben, auch vereinzelt schon erste Weihnachtsmänner, die ihren Dienst antraten.

Wir hatten uns auch ein Geschenk für sie überlegt, und dabei einige Phantasie gebraucht, als Studenten hatten wir so viel Geld nun auch nun wieder nicht, aber wir hatten etwas gefunden. Ein Barometer, gefertigt aus Edelholz und

Messing, es sah auch sehr edel und teuer aus,

Mit den Geschenken war das nämlich auch so eine Sache bei ihnen, aber das bekam ich erst im Lauf der Jahre mit. Bei ihr ging es nicht unter einem Brilli oder einem Schmuckstück, er was dagegen immer maßlos überrascht über das schöne Oberhemd und den schicken Schlips. Meine Schwiegermutter arbeitete damals bei C & A und bekam Personalrabatt.

Es gab also Kaffee und Stolle, danach die Bescherung, bei der es schon zu Irritationen kam. Wir bekamen den Rüffel, dass man solche Dinge wir das Barometer „originalverpackt" zu erwerben hätte, falls es zu einem Umtausch käme. Wir hatten das Ding einfach gekauft, so wie es im Geschäft hing und es gleich als Geschenk verpacken lassen. Mein Mann bekam:

was wohl? Einen Schlips und ein Oberhemd. Damit du anständig in die Uni gehen kannst. Das auf dem Höhepunkt der 68er Unruhen. Ich erhielt ein goldenes klitzekleines Miniaturührlein. Ich schluckte. Erstens ist mein Sinn für Goldwaren und Schmuck sehr begrenzt, und jetzt so ein winziges Ding, natürlich „echt Gold"(333er). Andererseits, ich konnte natürlich nicht verlangen, dass sie sich bei ihren Einkommen für ein riesiges Goldteil in Unkosten stürzten. Ich bin aber nicht gerade klein, und das Ührchen war an mir überhaupt nicht zu sehen, ebenso wenig konnte ich das Zifferblatt erkennen, und meine Augen waren damals noch völlig in Ordnung. Ich habe das Ding auch einige Mal aus Höflichkeit getragen, aber es blieb sowie immer stehen und war als zuverlässiger Zeitmesser gänzlich unbrauchbar, Und nur um zu sagen, sie hätten mit eine goldene Uhr geschenkt... na ja. Vielleicht hätte ich mich über etwas anderes mehr gefreut, was auch nicht mal teuer hätte sein müssen

Dann gab es eine Pfirsichbowle. In diese pflegte mein Schwiegervater immer eine stattliche Menge Cognac zu versenken, dementsprechend schmeckte sie auch. Wir wurden immer lauter, sogar richtig albern. Wir jubelten, die Stimmung wurde immer lustiger. Von den Tölzer Sängerknaben und der stillen Nacht war nichts mehr zuhören, wir übertönten das, auch Johann Sebastian Bach oder Dietrich-Fischer-Dieskau (Die schönsten Weihnachtslieder) kamen nicht gegen uns an. Täuschte ich mich oder klopfte da jemand?? Waren wir zu laut? Das Abendbrot kam auf den Tisch, das wurde gerade noch so geschafft. Auf dem Heimweg, wir nüchterten so allmählich aus, sahen wir wieder viele Weihnachtsmänner, diesmal richtig geschafft von ihren Großeinsatz. Es ist ein langer Weg mit öffentlichen Verkehrsmitteln quer durch Berlin. Wir beide waren uns in diesem Moment einige, dass wir ein großartiges Weihnachten gefeiert hatten. Umso ernüchternder der Anruf einige Tage später, dass wir ihnen mit unserer unpassenden Fröhlichkeit den Heiligabend versaut hätten und dass wir das in dieser Form wohl niemals mehr wiederholen würden. Dabei hatten sie feste mitgefeiert. Von nun an feierten wir Heiligabend unter uns und überließen sie wieder ihren Festtagsbesinnlichkeit.

Ein denkwürdiges
Weihnachtsfest

Schlimm genug, dass wir aus Berlin weggezogen waren. „Ihr in eure Kuhbläke, wat issen da schon??" Wir hatten zu dieser Zeit eine Zwei-Zimmer-Wohnung in Neustadt, und wir wollten Weihnachten dort verbringen. Das bedeutete, dass wir sie über die Feiertage aus Berlin abholten und Weihnachten gemeinsam verbrachten. Dazu war ein großer Aufwand notwendig. Weder wir noch sie wollten in unserer Wohnung auf dem Sofa ein provisorisches Nachtlager errichten. Aber das war kein Problem, wozu gibt es denn in Neustadt das Park-Hotel, und das hatte sogar noch Zimmer frei. „Det is aber alles so modern hier, wo es doch inne Zone liegt!" Kunststück, das Haus war zu dieser Zeit gerade mal ganz neu gebaut worden. Es ergaben sich aber zwei andere Probleme, erstens das Wetter, denn als wir glücklich mit ihr in Neustadt angekommen warfen, fing es an zu schneien und hörte nicht auf, und das zweite Problem, zu Weihnachten gehört nun mal eine Gans, mit Grünkohl, alles selbst gemacht und Knödel, da machte ich den Kompromiss mit Pfanni. Des Weiteren mehrere tägliche Spaziergänge mit einem ungebärdigen Dackel, der ganz und gar kein Etagenhund war und es gewohnt war, auf seinem Gartengrundstück rumzutoben. Dazu immer die Abholerei mit dem Auto von Hotel zu Wohnung und zurück, schliddernd durch den Schneematsch. Außerdem ist es im Dezember früh dunkel, und man musste auf sie ganz besonders aufpassen, weil sie sehr plump war, sie ging ja kaum auf die Straße, „da hab ick ja nischt zu suchen!". Da musste man schon zusehen, sie heil hin - und zurückzukriegen, insbesondere weil da ein oder vielmehr mehrere oder noch mehr Verdauerli zum Aufräumen eine gewisse Rolle spielten. Wie ich das geschafft habe, weiß ich nicht mehr, ich habe es jedenfalls geschafft. Aber nun passierte folgendes: Ich war dabei, dem Weichnachtsmahl den letzten Pfiff zu geben, schmeckte den Grünkohl ab, tranchierte die Gans, bereitete die Knödel zu, und dann: Mein Magen war wie zugeschnürt. Ich bekam so gut wie nichts vom Essen runter. Schade, es war eine Gans vom Bauernhof – frisch, aber es half nichts. Und ihr Kommentar schon gar nicht: „Tu doch nich so, warum zierste dich denn so, dick biste sowieso schon, ob du jetzt was isst oder nicht, davon nimmste jetzt ooch nich mehr ab!" Sie hatte ihr Leben klang mit den kleinen bösartigen Tierchen namens Kalorien gekämpft, und dass jemand jetzt freiwillig nichts essen mochte, das hat sie nicht kapiert. Überhaupt, wenn sie die Lust auf Sünde sprich Eis überkam, sollte ich immer eins mitessen – ich lad dich auch ein – als ob ich mir kein Eis hätte leisten können. Dass ich mir nichts aus Eis machte, begriff sie nicht. Aber jeder Mensch ist unterschiedlich, unter Stress kann ich jedenfalls nichts essen.

Und dass ich niemals wie Germanys next Topmodel aussehen würde, wusste ich auch, aber das war mir letztendlich in diesem Moment egal. Übrig geblieben ist von der Gans übrigens so gut wie gar nichts, und das lag nicht an unserer Flora. Jedenfalls mussten wir am nächsten Tag im Hotel essen, weil es mit Resteverwertung nichts war. Aber es war ja auch eine kleine Gans gewesen. Und warum beschwerte sie sich, dass es beim Frühstück im Hotel viel zuviel geben würde? Reingepasst hat auch das.

Bing Crosby träumte von einer weißen Weihnacht. Aber was so schön angefangen hatte, war am nächsten Tag weg. Es kam eine Warmfront, die den ganzen Schnee wegschmelzen ließ, und damit leider auch einen soliden Wintersturm. Nun bleibt Neustadt (Dosse) in der Regel von den schlimmsten Auswirkungen derartiger Stürme verschont, aber wir begannen uns Sorgen um unser Haus in Berlin zu machen, insbesondere weil die Drohungen im Wetterbericht nichts Gutes verhießen. Mein Mann brachte sogar zur Sprache, ob eine vorzeitige Rückkehr notwendig sei. Daraufhin reagierte sie: „Und was wird mit der Nacht, die ich schon im Hotel bezahlt habe? Das Geld ist dann weg!" Ob der Sturm unser Haus abdecken würde war ihr egal. Es handelt sich übrigens um den Orkan Lothar, der als Jahrhundertsturm in die Geschichte einging. Es ist dann auch nichts passiert, aber man muss genau abwägen, was wichtiger ist, eine geplatzte

Hotelübernachtung oder ein abgedecktes Haus. Wiederholt haben wir das Ganze nicht, und sie hat nie verstanden, warum wir unbedingt die Feiertage in Neustadt verbringen wollten.

O Tannenbaum

Ein Weihnachtsbaum gehört nun mal dazu. Das ist eine unumstößliche Wahrheit. Allerdings wird mit dem Thema ganz unterschiedlich umgegangen. Bei uns zu Hause war es ein Teil der Vorweihnachtszeit, den Baum zu kaufen. Meine Mutter behauptete, sie hätte einen unbestechlichen Blick dafür, welcher von den zerzausten strubbeligen Dingern des Baumverkäufers der schönste sei. Sie ließ sich nie einen Baum aufschwatzen und bestand darauf, ihn selbst auszusuchen. Meistens hatte sie recht, es war dann wirklich ein gleichmäßig gewachsenes Exemplar, bei dem alle Äste schön regelmäßig wuchsen und nicht so ein Ding, wo sie in einem Klumpen alle unten saßen, dafür war oben eine lange kahle Spitze. Der Kauf wurde auch rechtzeitig getätigt, und der Baum stand dann auf dem Balkon. Im Gegensatz dazu ging der Ehemann meiner Tante Gudrun erst am Vormittag des Heiligen Abends los, um einen Baum zu erwerben. ich weiß nicht, ob Tante Gudrun dann tausend Tode gestorben ist, weil sie befürchten musste, Weihnachten ohne Baum dazustehen, das ist zwar nie passiert, aber der Baum war entsprechend, und seine Mängel konnten nur mit reichlich Baumschmuck kaschiert werden. Als wir einmal einem Baum mit unregelmäßigem Wuchs gekauft hatten, wie sich beim Aufstellen herausstellte, wurde ein Brett unter den Ständer gelegt und die kahle Stell in die Zimmerecke gedreht, das fiel nicht weiter auf, ja, der Baum füllte sogar die Ecke so gut aus, dass er das Zimmer nicht weiter versperrte, und die Lücke sah man dann nicht.

Überhaupt das Schmücken des Baums. Wir hatte zwei Kartons voller Kugel

Engelchen und sonstigen Schmuck, der sorgfältig von Jahr zu Jahr aufgehoben wurde, und es kam praktisch nie etwas dazu, denn: das können wir uns nicht leisten und: es reicht ja. Das tat es auch. Nur, meine Eltern schafften sich sobald sie es sich finanziell leisten konnten, eine elektrische Beleuchtung an. Mein Vater war da sehr ängstlich, aber vielleicht hatte er in seine Leben auch schon negative Erfahrungen mit brennenden Weihnachtsbäumen gemacht. Als Pfarrer war er nun mal Experte für Weihnachten, insbesondere weil ja an diesem Tag die Kirchen so voll sind wie sonst nie im Jahr. Was den Schmuck angeht, da gab es unterschiedlichste Auffassungen, wie ich feststellte. Einmal, da wohnten wir noch in einer großen Altbauwohnung, und unsere Nachbarn hatte drei Kinder etwa in meinem Alter, da war ich neugierig, wie die den Baum schmücken würden. Es kam dann auch schließlich eine sehr schöner hoher Baum, und da diese Leute im Künstlermilieu lebten, war ich sehr gespannt, was sie an den Baum hängen würden. Es kamen Kisten und Kartons zum Vorschein, und der Baum wurde mit Kugeln, Strohsternen, Engelshaar und sonstigem Zeugs behängt, bis vom Tannengrün eigentlich nichts mehr zu sehen war. Unser Baum dagegen war sehr groß, kein Problem bei vier Meter hohen Räumen, und unser Schmuck wirkte im Gegensatz dazu eher spärlich, aber es sah alles wunderschön aus. Uns der Nachbarssohn kam zu uns rüber, betrachtete unseren Baum und meinte dann: Eigentlich ist es so viel schöner.

Ganz im Gegensatz dazu ein Kollege meines Vaters, der Wert darauf legte, „reformiert" zu sein. Der hielt allen Schmuck für "katholisch" und das war noch schlimmer wie heidnisch oder islamisch. Reformierte Kirchen sehen auch aus wie Scheunen, mit weiß gekalkten Wänden, ohne jedes Bild, nur mit einem Kreuz an der Wand. Aber um einem Baum kam der leider auch nicht herum, aber der war nur mit Kerzen ausgestattet, kein Lametta, keine Kugeln, nichts.

Ein weiterer Punkt war das Aufstellen des Baumes. Mein Vater, als Akademiker war stolz, dass er zwei linke Hände hatte, und so musste bei uns der Hauswart gegen eine Flasche Schnaps als Entgelt den Baum aufstellen. Das tat er dann auch sehr routiniert, während mein Vater daneben saß und jammerte. „Es geht nicht, es geht nicht!" Es ging natürlich doch. Später, als Herr Kannegießer in Rente gegangen war, übernahm ich das Aufstellen des Baumes. Mit sechzehn Jahren war ich nämlich schon in der Lage, einen Nagel gerade in die Wand zu bringen, was meinen Vater mit Misstrauen erfüllte, weil ich auch für ein Gelehrten-und nicht für ein Handwerkerdasein vorgesehen war. Da meine Schulnoten in Latein, Deutsch und Geschichte aber trotzdem recht gut waren, beruhigte er sich wieder. Ich schleppte den Baum auch von der Verkaufsstelle nach Hause, ich hatte da keine Probleme, weil ich sportlich sehr aktiv war. Jedenfalls ging Weihnachten ohne Baum bei uns gar nichts, auch wenn man bis Pfingsten noch die letzten Nadeln beseitigte.

Übrigen in der Straße, in der meine Schwiegereltern wohnte, da ließ Frau Jungmann ihren Baum bis Ostern stehen. Das konnte man durchs Fenster sehen, weil sie im Parterre wohnte.

Meine Schwiegermutter stand dem Weihnachtsbaum immer sehr skeptisch gegenüber, denn der machte ja Arbeit und Dreck. Die Arbeit hatte sie zwar nicht, aufgestellt hat den Baum immer Knippi, der Hauswart, gegen eine Flasche Schnaps, und −es geht nicht, es geht nicht- (siehe oben). Aber die Arbeit mit dem schmücken hatte der Papa. Sie machte so was nicht. Und wie glücklich war sie, als es künstliche Weihnachtbäume gab. Die machten zwar Arbeit, aber keinen Dreck; und sie konnten jedes Jahr wieder verwendet werden. Nur: Sie sahen doch eben künstlich aus. Wir hatten zugegebenermaßen auch mal einen künstlichen Baum. Aber nur, weil wir damals zwei Wohnungen hatten, und ein frischer Baum wäre nicht gut gegangen, weil wir ihn nicht wochenlang in der Wohnung lassen wollten. Es kann auch sein, dass das damals Mode war. Sie jedenfalls lehnte Weihnachtsbäume eigentlich ab, und nur weil der Papa darauf bestand, gab es überhaupt einen. Und jedes Mal hieß es, wenn wir am zweiten Feiertag zu Besuch kamen: Das war das letzte Mal, dass wir einen Baum hatten. !

Und nach dem Tode ihres Mannes, hat sie auch nie wieder einen Baum gemacht, sogar ein Gesteck machte „zeville Arbeet und Dreck", sie war sogar empört, als wir ihr mal eins geschenkt hatten, weil wir meinten, ganz ohne weihnachtlichen Schmuck ginge es nicht. Letztendlich sind wir dann dazu übergegangen, ihr als Weihnachtsgeschenk einen Präsentkorb zu verehren, weil wir wussten, essen tat sie immer, vor allem dann, wenn es nichts kostete, und keine Arbeit machte. Nachdem wir aber immer öfter hören mussten: So was esse ich doch nicht, und: ach, die vielen Kalorien, da veränderten wir den Inhalt des Korbes in die flüssige Richtung. Ein teurer Whisky musste unbedingt dabei sein nicht weil er ihr schmecke, sondern weil sie Whisky für mondän hielt. Aber jeder nach seiner Fasson, ich mag ihn jedenfalls nicht und stehe auch dazu.

Letztendlich hat sie dann auch einen Weg gefunden, wie man Weihnachten angemessen feiern kann, ein Baum gehörte nicht dazu, aber sie wollte unbedingt möglichst viele Weihnachtskarten bekommen, die drapierte sie dann auf dem Tisch, wo der eigentlich hingehört hätte. Und da das vor dem Zeitalter von Internet und Email war, funktionierte das auch ganz gut. Aber Weihnachten ohne Baum? Nein; und wenn es auch nur ein ganz kleiner ist.

Alles wird verpackt

Als wir damals aus dem kleinen Dorf im Havelland nach Westberlin übersiedelten, fiel meiner Mutter als erstes auf, dass im Westen alles verpackt war. In der DDR war Verpackung Mangelware gewesen, ich hatte selbst mal einen Stapel alte Zeitungen zum Konsum gebracht, und dafür als Belohnung ein Stück Kuchen bekommen. Nun, im angeblich goldenen Westen wurde alles drei- und vierfach verpackt, insbesondere als sich die Selbstbedienungsläden durchsetzten, wo man sich die Ware aus dem Regal holte anstatt sich von einer Verkäufern das Gewünschte über den Ladentisch geben zu lassen. Aber auch dazu waren Verpackungen notwendig. Etwa Papiertüten, auf denen dann aufgedruckt war, wie gesund doch Obst oder Gemüse sei. Und zu Hause wanderte das Erworbene dann in Glas- oder Porzellanbehälter mit der Aufschrift Mehl und Zucker oder Haferfocken. Bei der Selbstbedienung gab es das nun nicht mehr, da bekam man die Ware wie gesagt fertig abgepackt in gängigen Mengen wie 250 oder 500 Gramm. Nur auf dem Markt, da gab es noch lose Ware wie Butter oder Käse, aber auch die wurde natürlich in Papier eingeschlagen. Auch die Milchkanne, in die man seinen Liter Milch abgefüllt bekam, gehörte bald der Vergangenheit an. Da gab es Glasflaschen, die dann zurückgebracht werden mussten oder Milch in Tüten, zuerst dreieckig, die passten aber in keinen Kühlschrank, später viereckig, so dass sie in die Tür des Kühlschranks passten, den sich meine Eltern nach langen Sträuben und erst auf das energische Drängen meines Bruders angeschafft hatten, aber dann wollten sie ihn auch nicht mehr missen. Aber in dieser Zeit war das gar nichts im Vergleich zu heute. Das fällt mir immer ein, wenn ich seufzend vor der blauen Papiertonne stehe und feststellen, dass sie schon wieder voll ist und erst in zehn Tagen geleert wird. Damals wurde es nur einmal im Jahr schwierig mit der Verpackungsflut, nämlich zu Weihnachten. Es gehört nämlich dazu, jedes Geschenk schön in Weihnachtspapier zu verpacken, damit es als Geschenk kenntlich gemacht wird. Und dann muss das Geschenk noch mit einer Schleife verziert werden. Befördert wurde die Verpackungsflut noch dadurch, dass man sehr viele Geschenke von anderen Leuten bekam, die sie in Päckchen oder Paketen schickten, und damit verdoppelte sich das Verpackungsmaterial noch. eigentlich war das mit dem Geschenkpapier kein Problem, denn es gehörte sich, dass das Geschenk vorsichtig und sorgfältig ausgewickelt wurde, und man musste darauf achten, das Papier nicht zu beschädigen, weil man es ja wiederverwenden wollte, Aber das klappte nicht immer. Entweder war die Verpackung an sich schon sehr kompliziert, so dass das Papier einfach nicht nachgeben wollte. Oder was besonders mich betraf, in meiner kindlichen Ungeduld, endlich an das Geschenk zu kommen, riss ich das Papier sehr zum Entsetzen meiner Eltern einfach auf. Dazu kam noch, dass es damals zwei Sorten Geschenkpapier gab, einmal ein dünneres, etwa so wie Papierservietten, das war billiger als das andere, das aus richtig festem Papier bestand. Und das konnten wir uns natürlich nicht leisten. Aber das dünne Einwickelpapier hielt natürlich nicht so lange, oder man musste den zerrissenen Rand dann doch abschneiden, so dass bei einer Wiederverwendung ein kleineres Geschenk eingepackt werden konnte. Nun feierten die Nachbarn auch Weihnachten, und so kam es, dass die Mülltonnen gerade zu Weihnachten extrem voll wurden, auch wenn man das Geschenkpapier genauso wie dem Baumschmuck oder das Lametta zur späteren Verwendung aufhob. Was dabei passieren kann, das zeigt Loriot in seinem Sketch „Weihnachten bei Hoppenstedts" in dem Moment, wo die Familie ihren Müll entsorgen will, und alle anderen haben die gleiche Idee gehabt. Insgesamt ist da schon ein Körnchen Wahrheit dran.

Besonders humorvoll Veranlagte leisteten sich sogar den Scherz, ein kleines Geschenk in einen Riesenkarton zu verpacken, und in immer kleiner Schächtelchen, bis dann ein kleiner, doch kostbarer Schmuck herauskam. Aber das bedeutete natürlich noch mehr Verpackungsmaterial. Und heutzutage im Zeitalter der Müllvermeidung verwendet man gerne Packpapier oder Ähnliches zum Einwickeln, und bedruckt es dann mit handgemachten Kartoffelstempeln oder Ähnlichem, um es als Weihnachtspräsent zu kennzeichnen. Auch Zeitungpapier erfüllt diesen Zweck. Aber damit vermeidet man nur den Neukauf von teurem Geschenkpapier, der Aufwand der Verpackung bleibt der gleiche.

Viel ärgerlicher ist, dass die Geschenke in eingeschweißt sind in komplizierten Kunststoffverpackungen. Damit überstehen sie zwar eine Transport auch China, aber man kommt nicht an sie heran, ohne schwere Schnittverletzungen zu riskieren, wenn man der verdammten Verpackung mit solchen Gewaltwerkzeugen wie Teppichmessern zu Leibe rückt, weil sie anders nicht aufgehen. Und an eine Ecke zu ziehen und zu fummeln, wie es die Anweisung sagt, das klappt so gut wie nie. Man muss sogar aufpassen, dass der Gegenstand nicht kaputtgeht beim Versuch, die Verpackung aufzukriegen. In diesem Moment wünscht man sich das gute alte Geschenkpapier zurück.